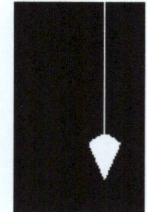

Hubert Kölsch

Begegnung

Bibliographische Information der Deutschen Bibliothek: Die
Deutsche Bibliothek verzeichnet diese Publikation in der
Deutschen Nationalbibliographie;

detaillierte bibliographische Daten sind im Internet über
http//dnb.ddb.de abrufbar.

1. Auflage Copyright © 2020 Hubert Kölsch

www.hubert-koelsch.de

Titelfoto: © Isabelle von Fallois

Herstellung und Verlag: BoD – Books on Demand,
Norderstedt

ISBN: 9783752629774

„Dann wird geschaut werden das Kommen des Menschensohnes im Wolkenwesen, umkraftet von der Macht, umleuchtet vom Licht der sich offenbarenden Geisteswelt."

Markus 13,26

„Dann wird der Menschensohn den schauenden Seelen erscheinen in den Wolken des Ätherreiches, umkraftet von den bewegenden Weltenmächten, umleuchtet von den Geistern der Offenbarung."

Lukas 21,27

„Siehe, er kommt im Wolkensein. Alle Augen sollen ihn schauen, auch die Augen derer, die ihn durchstochen haben."

Apokalypse 1,7

Dichte Nebel lagen über feuchten Wiesen. Es war früh am Morgen. Die Sonne wartete noch hinter den Hügeln, der sanftblaue Himmel der Dämmerung versprach einen farbenvollen Herbsttag.

Ich verlies das Hotel für meinen Morgenspaziergang durch die Seitentüre, hörte den Bach rauschen, dann umfing mich der Nebel. Als ich den Weg erreichte, sah ich die Lichter des Hotels nur noch wie vergessene Sterne in weiter Ferne.

Den Weg kannte ich gut, denn der Spaziergang war mein morgendliches Ritual, wenn ich mich für einige Tage hierher zurückzog, um Abstand von Lärm und Hektik des Alltags zu bekommen. Aber irgendetwas war heute Morgen anders als sonst.

Der Nebel schien mich in sich hineinzuziehen, als ob er mich verschlucken wollte. Ich erschrak, denn etwas hatte mein Bein gestreift. Es war ein weißer Hund, der nah neben mir ging, als ob er mein eigener sei und sich im dichten Nebel an mich schmiegen wollte. Ich hatte ihn bei allen meinen Spaziergängen noch nie gesehen und da zu einem Hund meist ein Besitzer, der ebenfalls unterwegs ist, dazugehört, blieb ich stehen und hielt Ausschau. Doch das Einzige, was ich sehen konnte, war dichter Nebel. Ich lauschte in die Stille, ob ich Schritte oder irgendein anderes Geräusch wahrnehmen konnte. In der Ferne hörte ich Kuhglocken, das Brummen eines Autos und noch immer das Rauschen des Baches neben mir. Der weiße Hund, der nun einige Schritte vor mir saß, sah mich erwartungsvoll an.

Jetzt lief der Hund los und es war, als ob er mich aufforderte, ihm zu folgen. Schnell erreichten wir die Brücke, die nach rechts über den Bach führte. Diese Stelle kannte ich gut, denn hier verweile ich oft bei meinem Spaziergang, um die spielerische Bewegung des Wassers zu betrachten. Der weiße Hund überquert die Brücke und sah mich erwartungsvoll an. Ich folgte ihm und wollte den Pfad nach links einschlagen, doch der weiße Hund lief munter bergauf durch die nasse Wiese.

„Hier trennen sich unsere Wege", sagte ich zu ihm, denn ich verspürte keinen Drang, zu folgen. Der weiße Hund bellte einmal kurz. Ich schlug den Flusspfad ein, als er nochmals vernehmlich und laut bellte.

‚Hier geht es entlang‘, hörte ich eine Stimme in meinem Kopf.

‚Das kann jetzt nicht sein, dass ein weißer Hund mit mir redet und mich auffordert, meinen vertrauten Weg zu verlassen‘, dachte ich.

‚Doch!‘, antwortete der Hund. Er schien keine Ausrede zu akzeptieren und wie zur Bestätigung gab er ein kraftvolles, befehlendes Bellen von sich.

Der Nebel wurde immer dichter und plötzlich gab es nur noch diesen wunderschönen weißen Hund und mich. Einen kurzen Moment ging mir durch den Kopf, was alles passieren könne: nasse Füße, schmutzige Schuhe, verdreckte Kleidung, wenn ich ausrutsche und ich würde mich ganz bestimmt verlaufen. Dann folgte ich dem weißen Hund ohne zu wissen, warum.

‚Endlich‘, hörte ich ihn in meinem Kopf. Er lief munter den Berg hinan und ich hatte Mühe, ihm zu folgen. Nach einiger Zeit wunderte ich mich, denn die Gegend um das Hotel ist zwar von Hügeln umgeben, aber weit konnte es nicht bergauf gehen. Meinen Begleiter schien das nicht zu stören, im

Gegenteil, es ging weiter munter bergauf. Er wartet auf mich und stets bevor ich ihn erreicht hatte, lief er weiter. Es schien ihn nicht anzustrengen, denn er hechelte nie, wenn er auf mich wartet, sondern sah mir stets erwartungsfroh entgegen.

Ich hatte jedes Gefühl für Raum und Zeit verloren, dann tauchte im Nebel eine Hütte auf. Der weiße Hund steuerte zielstrebig darauf zu. Als ich angekommen war, setzte ich mich auf die Bank vor der Hütte. Noch immer war alles in dichten Nebel getaucht, aber plötzlich war der weiße Hund nicht mehr zu sehen. Ich ging um die Hütte herum. Keine Menschenseele und noch weniger ein weißer Hund waren zu sehen. In der Hütte schien niemand zu sein, denn es brannte kein Licht und stieg kein Rauch aus dem Kamin.

Als ich mich wieder auf die Bank setze, merke ich, dass sie warm und trocken war, obwohl sie durch den Nebel und die morgendlichen Temperaturen feucht und kalt sein müsste. Dann stellte ich fest, dass ich trotz des langen Weges bergauf nicht geschwitzt hatte. Auch verspürte ich weder Durst noch Hunger.

Nun saß ich in dichtem Nebel vor einer einsamen Hütte, hatte keine Vorstellung wo ich mich befand und wie ich zurückfinden sollte. Dann tauchten aus dieser undurchdringlichen Nebelwand plötzlich Bilder meines Lebens auf. Ich sah meine Kindheit, meine Beziehungen, meinen Beruf, viele meiner Lebenssituationen und plötzlich stand ich am Ende einer Sackgasse. Ich spürte die Einsamkeit und Leere meines Lebens und zwei Worte begannen in meinem Kopf zu dröhnen wie ein tausendfaches Echo an Felswänden.

,Warum? Wohin?'

Mein Kopf drohte zu zerspringen, wie angewurzelt saß ich auf der Bank, unfähig mich zu bewegen und plötzlich brach alles gleichzeitig auf mich herein, Lebensbilder wie auf einer überdimensionalen Kinoleinwand: meine Ängste, Sorgen und all meine Wut und Enttäuschungen, meine Sehnsucht, Süchte und Abhängigkeiten und das Dröhnen und Pochen in meinem Kopf ,Warum? Wohin?'

Jetzt spürte ich Kälte in mir. Ich sah mich zu einem Eisblock erstarren, zu einer gefrorenen Schneefigur.

Durch deren Augen konnte ich meine Umgebung wahrnehmen. Augen, die nichts außer einer weißen Wand sahen. Plötzlich begann mein Blick in die Wand einzutreten und wie durch einen Tunnel zu fahren. Es wurde immer schneller und mein Blick raste durch diesen Tunnel aus Eis, gleichsam Millimeter genau auf einer unsichtbaren Schiene. Ich spürte keinen Luftzug und wurde immer kleiner bis ich nur noch eine Nadelspitze war, die pfeilschnell durch diesen Tunnel jagt, einem Tunnel der kein Licht am Ende hat und aus erstarrtem zu Eis gefrorenen Nebel besteht.

Dann wurde es hell, als ob in dem Tunnel riesige Schweinwerfer leuchten, ich raste weiter, gleichzeitig wurde das Licht intensiver und gleißender, weil es sich in dem Eis reflektiere und vervielfältigte. Ich war geblendet und jagte mit wahnwitziger Geschwindigkeit voran.

Jetzt wurde es gespenstisch, denn mein Bewusstsein begann aus mir herauszutreten: ich sah mich selbst durch den Tunnel fliegen. In diesem Moment fiel alle Angst von mir ab und während ich mich weiterhin wie eine Nadelspitze durch einen lichtdurchfluteten Eistunnel rasen sah, wurde ich immer entspannter. Die einzige Empfindung, die ich hatte, war: ‚Alles ist gut.'

Dann bellte der weiße Hund. Kraftvoll, majestätisch, befehlend. In diesem Moment schoss ich aus dem Tunnel heraus und spürte Ruhe. Stille umgab mich.

‚Bin ich tot oder verrückt?'

„Weder noch."

Der Klang dieser Stimme brachte mich in meinen Körper zurück, ich saß auf der Bank vor der Hütte, die Nebel hatten sich gelichtet und ich blickte auf eine wundervolle Landschaft. Das sanfte Licht des Herbstes brachte die Farben der Natur zum Leuchten.

In einiger Entfernung stand ein Mann und lächelte mich an. Er war real und auch wieder nicht und dennoch realistisch. Sehr merkwürdig.

‚Auf was für einem Trip bin ich hier? Was geht in meinem Kopf vor?', dachte ich.

Der Mann schien Gedanken lesen zu können.

„Was Du erlebst ist real und es ist alles in Ordnung mit dir."

Langsam erhob ich mich von der Bank und ging in seine Richtung, um ihn näher betrachten zu können. Plötzlich war er verschwunden. Stattdessen saß der weiße Hund vor mir auf dem Boden und blickte mich an. Seine Augen strahlten Ruhe aus.

„Wo ist der Man hin?"

‚Blicke Dich um!'. hörte ich in meinem Kopf.

Ich sah ihn direkt hinter mir stehen und erst jetzt fiel mir auf, dass er auf merkwürdige Weise gekleidet war. Er trug eine lange weiße Toga, die in der Mitte durch ein goldenes Band gegürtet war. An den Füßen sah ich Sandalen, deren Riemen mit einem farbigen Muster bestickt waren und von goldenen Schnallen gehalten wurden. Er hatte eine lange Kette mit Steinen in vier verschiedenen Farben umhängen. Seine Haare waren schulerlang, in der Mitte gescheitelt und er trug einen kurzen, gepflegten Bart.

‚Vielleicht nicht ganz die passende Kleidung für eine Alm, hier in den Bergen', dachte ich mir.

„Das stimmt."

Ich erschrak. „Kannst Du Gedanken lesen?"

„Natürlich. Endlich sprichst Du mit mir wie mit einem normalen Menschen."

Fassungslos schüttelte ich den Kopf. Ich blicke mich um, der weiße Hund war verschwunden und auch sonst war weit und breit niemand zu sehen.

„Wer bist Du?"

„Wollen wir noch ein kurzes Stück bergauf gehen, oben am Berg haben wir eine fantastische Sicht."

Ich sah ihn fragend an.

„Ach die Schuhe? Mach´ Dir keine Sorgen, ich kann darin sehr gut gehen. Folge mir nach."

Er schlug einen Pfad neben der Hütte ein, den ich bisher nicht wahrgenommen hatte. Wieder begann Nebel aufzuziehen und umhüllte sein weißes Gewand. Schnellen Schritts folgte ich ihm.

Schweigend waren wir ein Stück weit hintereinander gegangen, dann wurde der Weg breiter und ich konnte neben ihm gehen.

Er sprach noch immer nicht, doch dann begann ich Gedanken in meinem Kopf wahrzunehmen. Ich blickte mich um, ob der weiße Hund in der Nähe war, aber ich konnte ihn nicht finden. Diesmal schien mein Begleiter mit mir im Geiste zu sprechen. Seine Stimme hatte einen besonderen Klang.

‚Ich bin der Christus. Mein Erscheinen wurde bereits vor langer Zeit angekündigt. Ich bin kein Mensch aus Fleisch und Blut und dennoch wirklich. Die Menschen können mich im Ätherischen wahrnehmen, so wie Du jetzt.'

Dann war wieder Stille in meinem Kopf und ich dachte er sei verschwunden, doch gingen wir weiterhin gemeinsam bergauf und nach einiger Zeit sprach er wieder in meinem Gedanken.

‚Durch mein Erscheinen können die Menschen lernen, mich zu erkennen.' Wieder war Stille, nur das Geräusch meiner Schritte und meines Atems konnte ich hören.

‚Was Du erlebst, ist jedem Menschen möglich. Doch sei vorsichtig, wem Du von Deinen Erlebnissen sprichst. Die Menschen leben in schlimmen Zeiten, in denen der Geist ertötet wird. Das Wichtigste ist, dass Du für Dich selbst Gewissheit über diese Erfahrung bekommst. Zuerst musst Du erkennen und entscheiden: Ist dies wahr oder nicht? Doch es geht nicht um Wahrheit im Absoluten, sondern nur um Deine Wahrheit, nach der Du leben möchtest.'

Stille. Schritte. Atem.

‚Wenn Du mich erkennst, dann erkennst Du mich in Dir. Ich bin der Christus in Dir. Das ist meine Wahrheit und Deine Freiheit. Wenn Du Dich für mich entscheidest, entsteht mein Bewusstsein in Dir.'

Leere.

Schließlich erreichten wir den höchsten Punkt, die Nebel waren verschwunden und wir hatten eine klare Sicht, weit ins Tal hinein, in der Ferne der erste Schnee auf den höheren Bergen und die Farben des Herbstes in glänzendem Licht.

Wieder verspürte ich keine Anstrengung vom Anstieg, im Gegenteil, ich fühlte mich kraftvoll und zufrieden.

Schweigend stand er neben mir und ich wusste nicht, was ich sagen sollte.

Die Sonne stieg höher und die Schönheit der lichtdurchfluten Landschaft um mich herum erfüllt mich mit Glück.

„Ich habe das Gefühl, dass ich Deine Botschaft spüren kann, doch mein Intellekt hat sie nicht verstanden und ich weiß auch nicht, was ich damit anfangen soll."

„Es ist Deine Entscheidung, ob Du den Weg mit mir gehen möchtest. Dann wird sich das Weitere zeigen. Doch mache Dir bewusst, die Welt da draußen wird dich im besten Fall nicht verstehen, im schlechtesten wird sie Dich bekämpfen."

In mir stieg Unsicherheit auf.

„Ich habe keine Drogen genommen, aber vielleicht hat mir jemand welche eingeflößt oder ich habe Halluzinationen und Wahnvorstellungen anderer Art und bin geisteskrank oder Du bist Mitglied einer Sekte, die mich ausgesucht hat, um mich zu verleiten oder Du bist von irgendeiner Kirche oder es ist alles nur ein Traum oder… Es gibt noch viele andere Möglichkeiten. Woher soll ich wissen, dass es real und wahr ist, was ich hier erlebe?"

„Finde es heraus."

Ich schwieg.

Er hatte recht. Es liegt einzig und alleine an mir. Es ist mein Weg und meine Entscheidung.

„Aber es ist doch nicht alltäglich, dass Christus den Menschen erscheint."

„Das stimmt, jedoch ist es längst an der Zeit."

Noch einmal nahm ich den weiten Blick in die Landschaft in meine Seele auf.

Jetzt saß der weiße Hund wieder vor mir und blickte mich mit liebevollen Augen an.

Dann bellte der weiße Hund.

Ich hatte meinen kurzen morgendlichen Spaziergang beendet und kehrte auf mein Zimmer zurück, um mich für das Frühstück umzukleiden. Als ich auf die Uhr blickte sah ich, dass ich wie üblich eine Viertelstunde unterwegs gewesen bin.

Nach dem Frühstück kehrte ich auf mein Zimmer zurück und las mehrere Stunden in einem Buch. Ein seltener Luxus.

Nachmittags besuchte ich den Wellnessbereich des Hotels, schwamm im geheizten Außenpool und genoss die Ruhe. Für den Abend hatte ich zur gewohnten Stunde meinen bevorzugten Tisch im Restaurant reserviert.

Über die Erlebnisse des Morgens dachte ich nicht nach, aber sie wirkten in mir. Ohne zu wissen, was genau geschah, veränderte sich irgendetwas in mir. Damit war ich zufrieden, denn es fühlte sich nicht bedrohlich an.

Pünktlich betrat ich das Restaurant, wollte mich zu meinem Tisch begeben und sah, dass bereits jemand dort saß. Ich kehrte nochmals zurück und fragte, ob es der richtige Tisch sei, denn es würde schon jemand dort sitzen. Der Restaurantchef blickte mich etwas verstört an, er sähe niemanden an dem Tisch, ich hätte mich geirrt.

Um sicher zu gehen, begleitete er mich. Als wir den Tisch erreichten, strahlte er mich zufrieden an, denn er sei natürlich frei und niemand anderer würde hier sitzen. Es saß aber bereits ein Mann da. Nach dem Erlebnis des Morgens beschloss ich nicht weiter darauf einzugehen, der Restaurantchef ging zurück und der Mann am Tisch erhob sich.

*Guten Abend. Ich freue mich, dass sie gekommen sind."

Verdutzt sah ich ihn an.

„Keine Sorge, nur Sie können mich hören und sehen. Auch wenn Sie mit mir sprechen, sieht das niemand anderer. Ich existiere nur in ihrem Kopf. Doch ich dachte mir, wenn Sie mich sehen, wird unsere Unterhaltung etwas abwechslungsreicher."

Ich setzte mich auf meinen Platz und blickte mich vorsichtig um. Tatsächlich achtete niemand auf mich und alles schien normal.

„Das Menü ist wieder hervorragend", fuhr der Unbekannte fort. „Nehmen Sie den Fisch und als Vorspeise die Avocadocreme. Ach ja, und viel trinken ist wichtig: Nach ihrem Ausflug heute

Morgen und dem Wellnesstag sind Sie sicher durstig."

„Woher wissen Sie das? Spionieren Sie mir nach?"

„Gemach, gemach. Jetzt bestellen Sie erst einmal."

Die Bedienung kam an den Tisch und freute sich, dass ich wieder im Hotel sei. Ihr Verhalten ließ keinen Zweifel darüber, dass ich allein am Tisch sitze und wir plauderten über dies und das. Dann bestellte ich die Avocadocreme, als Hauptspeise den Fisch und zwei Flaschen stilles Mineralwasser, weil ich sehr durstig sei, nach meinem Tagesprogramm.

„Sehr gut", sagte mein Gegenüber.

„Wer zum Teufel sind Sie?", zischte ich, denn ich war mir immer noch nicht sicher, ob man mein Selbstgespräch sehen konnte.

„Das mit dem Teufel gefällt mir schon sehr gut." Der Unbekannte kicherte.

„Aber holen Sie sich doch erst einmal Salat am Büffet, dann beginnen wir in Ruhe miteinander zu sprechen."

Verwirrt und wie ferngesteuert stand ich auf und ging zum Buffet. Als ich zurückkam, stand das Mineralwasser bereits am Tisch, es war nur ein Glas eingeschenkt und für eine Person eingedeckt.

Sichtlich zufrieden saß der Unbekannte, tatsächlich für andere unsichtbar, weiterhin an meinem Tisch.

„Guten Appetit", begann er als ich mich gesetzt hatte. „Sie hatten heute Morgen eine interessante Begegnung. Ich bin gekommen, um Sie zu warnen."

Ich schwieg in der Hoffnung, dass er verschwindet, wenn ich ihn ignorieren würde. Doch das Gegenteil stellte sich ein, er schien sich wohlzufühlen und begann sich in Fahrt zu reden.

„Lassen Sie sich nicht beim Essen stören. Aber ich muss Sie warnen. Wenn Sie sich auf denjenigen, der Ihnen heute begegnet ist einlassen, werden Sie viele Schwierigkeiten bekommen."

Fragend blickte ich ihn an.

„Die Menschen werden Sie nicht mehr verstehen und für einen verrückten Esoteriker halten. Man wird Sie beschimpfen und diffamieren. Sie werden alle Ihre Freunde verlieren und vor allem viele finanzielle Verluste erleiden."

Obwohl ich versuchte ruhig zu bleiben, brachten mich seine Worte in Aufruhr. Woher wusste er das? Es schien mir sehr unwahrscheinlich, aber wenn er Recht hat? Oder nur ein Teil davon stimmt?

„Da kommt schon die Avocadocreme", unterbrach er meine Gedanken. „Essen Sie in Ruhe und ich werde jetzt ein wenig schweigen."

Ich wusste nicht, ob das Schweigen oder das Reden schlimmer war, denn jetzt entstand ein entsetzliches Gedankenkarussell in meinem Kopf.

Er hatte eine geschickte Strategie gewählt. Erst hatte er mich durch seine Gedanken verunsichert und jetzt ließ er sie aktiv werden und Chaos in mir erzeugen. Ich fragte mich, wie ich diesen Kreislauf verlassen könnte und dann wurde mir klar, dass ich begann, an den Erlebnissen des Morgens zu zweifeln. War das wirklich alles real gewesen? Hatte ich es mir eingebildet? Oder geträumt? War es möglich, dass mich jemand heimlich unter Drogen setzen konnte?

Plötzlich fühle ich mich leer. Die Erlebnisse des Morgens hatten ein glückliches Gefühl in mir erzeugt, das mich durch den Tag begleitet hatte. Auch wenn ich noch nicht wusste, was ich davon halten sollte, irgendetwas fühlte sich dabei gut und richtig an. Doch das war jetzt alles wie zerstäubt. Es war erschreckend, welche zerstörerische Macht dieser Unbekannte auf mich ausüben konnte.

In diesem Moment brachte die Bedienung den Hauptgang und sah mich strahlend an.

„Die Küche hat für Sie heute etwas Besonderes vorbereitet", sagte sie. „Überbackener Seeteufel mit Kräutern und Zucchinigemüse. Ich wünsche einen guten Appetit."

Fast wäre mir das Wasserglas aus der Hand gefallen und der Unbekannte schüttelte sich vor Lachen.

„Die Überraschung ist mir gelungen. Jetzt beruhigen Sie sich wieder. Es ist alles halb so schlimm. Ich habe ein tolles Angebot für Sie".

Der Seeteufel schmeckte hervorragend und ich versuchte mich auf das Essen zu konzentrieren.

Langsam dämmerte mir, dass ich den ungebetenen Gast nicht so einfach loswerde.

„Mein Angebot für Sie besteht aus drei Teilen. Zunächst verspreche ich Ihnen wirtschaftlichen Erfolg und Geld so viel Sie wollen. Wir können aus allem Geld machen, wir verwandeln Steine in Brot und Dreck in Gold."

Stirnrunzelnd sah ich ihn an.

„Zweitens machen wir Ihnen Kontakte zugänglich, die Ihnen Wissen, Macht und Ansehen ermöglichen. Sie werden die Zusammenhänge, wie die Welt funktioniert und wie wir sie manipulieren, erkennen. Sie werden ein Teil davon sein.

Mir wurde eiskalt.

„Und das Beste kommt zum Schluss: Wir schützen Sie. In dem Moment, wenn Sie ein Teil von uns sind, verfügen Sie bis an Ihr Lebensende über Schutz, Wohlstand, Gesundheit. Solange Sie leben sind Sie unsterblich."

Nun musste ich lachen, denn der letzte Satz war unlogisch und sinnlos.

„Lachen Sie nicht! Wie viele Menschen haben gesundheitliche, finanzielle oder andere Probleme? Sie bekommen von uns alles, wirklich alles, so dass Sie sich wünschen, ewig zu leben, weil der Genuss, die Freude, die Lust mit jedem Jahr größer wird. Sie werden verstehen, was es bedeutet ewig hier auf Erden leben zu wollen."

Inzwischen wurde die Nachspeise gebracht, aber mir war der Appetit vergangen. Das Mango Sorbet schmolz auf dem Teller und meine Umgebung sah fahl und grau aus. In mir herrschte Dunkelheit, ich fühlte den Abgrund, in den ich zu stürzen drohte.

Mein Gegenüber schwieg, hatte sich zufrieden zurückgelehnt und sah mich herausfordernd an.

„Wenn ich Ihr Angebot annehme, was muss ich dann dafür tun?"

„Sie müssen mit dem, den sie heute oben am Berg getroffen haben, brechen, ihn verabscheuen und verhöhnen."

Verächtlich spukte er eine Stichflamme auf den Boden, aber es wurde tatsächlich von niemanden außer mir gesehen. Ich spürte eisige Kälte, mein Herz war wie gefroren. Da ich nicht wusste, wie ich aus dieser Situation herauskommen sollte, versuchte ich zu verhandeln.

„Wer garantiert mir, dass Sie Wort halten? Was ist, wenn ich aus dem Handel aussteigen möchte? Wie lange habe ich Zeit, mich zu entscheiden?"

Langsam hatte er sich von seinem Stuhl erhoben und stand vor mir. Erst jetzt erkannte ich, dass er groß, schlank und von Kopf bis Fuß durchtrainiert war.

„Der Teufel, Luzifer persönlich, garantiert den Deal. Hier bin ich. Wenn Sie unseren Pakt brechen, werde ich Sie zerstören und Ihnen alles nehmen. Sie müssen sich jetzt entscheiden."

Er streckte mir seine Hand entgegen. In die Innenseite seiner Hand war ein umgekehrter Drudenfuß tätowiert, am Handgelenk glitzerte ein Goldkettchen.

Aus seinen Fingern strömte dampfende Kälte. Er fixierte meine Augen, ich spürte wie er immer mehr Macht über mich bekam und meine Hand auf unsichtbare Weise in seine Richtung gezogen wurde, um den Handel zu besiegeln.

Ich versuchte meinen Willen dagegen zu stemmen, aber ich war zu schwach, meine Hand kam seiner immer näher. In diesem Moment sah ich draußen auf der beleuchteten Terrasse den weißen Hund. Ganz nah stand er am Fenster. In seinen Augen strahlten Kraft und Entschlossenheit, er fletschte die Zähne. Sein Knurren konnte ich durch die verschlossene Türe hören.

Meine Hand war sehr nah gekommen, doch das letzte Stück konnte er mich nicht manipulieren, weiter schienen seine Kräfte nicht zu reichen.

„Schlagen Sie ein! Jetzt!" Jedes Wort war wie ein Messerstich in meinem Herzen.

„Nein!" Ich schlug mir der anderen Hand auf den Tisch.

Draußen bellte der weiße Hund.

Mein Gegenüber zog seine Hand zurück, zuckte mit den Achseln, strich über sein Sakko und richtet sich auf.

„Sie werden es bereuen."

Sorgsam und ruhig schob er den Stuhl an den Tisch heran, nickte mir zu und verließ das Hotel.

Der weiße Hund war nicht mehr zu sehen.

Vorsichtig blicke ich um mich. Im Restaurant war alles wie immer, niemand schien unsere Begegnung bemerkt zu haben. Obwohl ich vehement auf den Tisch geschlagen hatte, war nichts umgefallen und alles befand sich an seinem Platz.

Vor mir stand das Mango Sorbet. Es war frisch und schmeckte herrlich.

Als ich wenig später das Restaurant verließ, fühlte ich mich erfrischt und beschwingt. Zurück in meinem Zimmer betrat ich den Balkon und blickte in die Nacht. Die Nebel waren zurück. Mit tiefen Atemzügen sog ich die feuchte und kühle Luft ein. In der Ferne hörte ich den Bach rauschen und erinnerte mich an mein morgendliches Erlebnis. Dann sah ich aus dem Nebel den weißen Hund auftauchen und freudig in meine Richtung laufen. Mein Zimmer befand sich im zweiten Stock, dennoch konnte ich den weißen Hund deutlich erkennen. Kurz vor dem Hotel blieb er auf dem Weg sitzen und blickte zu mir nach oben, als wollte er mich auffordern, zu ihm zu kommen.

Ich schloss die Balkontüre und zog mich für einen nächtlichen Spaziergang an, da klopfte es an der Türe. Einen kurzen Moment zögerte ich, dann öffnete ich die Türe.

„Darf ich hereinkommen?", fragte er.

„Gerne."

Ich bat ihn, auf einem der beiden Ohrensessel am Balkonfester Platz nehmen.

„Du hattest Besuch."

„Allerdings…"

„Mit Luzifer ist nicht zu spaßen. Aber er ist nicht der Schlimmste von allen", sagte er mit verschmitztem Lächeln.

„Soll das ein Trost sein?"

„Nein, eher eine Warnung. Wenn Du Dich für Christus entscheidest, wirst Du immer öfter mit diesen Kräften zu tun haben. Deswegen überlege es Dir bitte gut, wie Du Dich entscheidest."

Ich setze mich in den Sessel neben ihm und dachte nach.

„Sein Angebot war verlockend, aber irgendwie unrealistisch. Kann das wirklich wahr sein?"

„Es war nur ein kleiner Teil seiner Kunst, was er Dir vorgeschlagen hat. Wenn Du einmal in seine Welt eingetaucht bist, verlierst Du den Zugang zur geistigen Welt. Doch bitte bedenke, der Mensch lebt nicht vom Brot allein."

„Aber ohne Brot kann er auch nicht leben…"

„Ich sorge für Dich."

Jetzt bekam ich einen Schreck, denn das hatte mir der Andere auch versprochen. War ich wieder einer Illusion aufgesessen?

„Der Widersacher benutzt meine Worte, mein Aussehen und meinen Namen. Doch er stellt alles auf den Kopf. So kann er Dich verwirren. Er macht Dir Versprechungen, ich bitte Dich um Vertrauen."

„Heißt das, wenn ich Dir vertraue, sorgst Du für mich?"

„So war es, so ist es und so wird es immer sein."

„Aber…"

„Wenn Du Dich für mich entscheidest, gibt es keine Garantien, nur Vertrauen."

„Irgendwelche Sicherheiten brauche ich doch. Ist das nicht menschlich? Normal? Verständlich?

„Natürlich. Sehr sogar. Meine Sicherheiten liegen nicht im Materiellen, sondern nur im Geistigen. Du sollst die göttliche Macht, die Dich führt, nicht Deiner Willkür dienstbar machen. Versuche nicht mit materiellen Sorgen und Ängsten in die geistige Welt hinein zu wirken. Das funktioniert nicht und ist das Gegenteil von Vertrauen. Das Geistige wirkt ins Materielle und so sorge ich für Dich."

„Das ist eine große Herausforderung."

Er nickt und sah mich voller Liebe an.

„Wenn Du mir folgen willst, entwickelst Du ein Bewusstsein über mich in Dir. So entsteht Dein Christusbewusstsein. Der erste Schritt dahin ist Vertrauen."

„Die größte Versuchung bei meinem Gespräch mit Luzifer war das Angebot der Allmacht. Die Idee über alles herrschen und verfügen zu können. Ich dachte mir, ich könnte damit viel Gutes erschaffen. Wenn ich unbegrenzte Ressourcen an Geld, Macht und Einfluss habe, dann kann ich alle Kriege auf der Welt beenden und niemand wird mehr Hunger haben."

„Ja, das ist Luzifer. Er schleicht sich in den Verstand der Menschen und verführt sie mit bestechender Logik."

„Und was ist falsch daran?"

„Weil die Kräfte, die Dir Macht, Einfluss und Geld versprechen, dieselben sind, die Krieg und Hunger erschaffen. Wenn Du ihnen dienst, musst Du mehr Hunger und Krieg erschaffen, sonst vernichten sie Dich. Das ist der Preis Deiner Macht."

Diese Gedanken erschütterten mich. So hatte ich es noch nie gesehen.

„Mit Macht und Geld kannst Du Macht und Geld nicht verändern, sondern nur vermehren," fuhr er fort.

„Und was ist die Alternative?"

„Vor der göttlichen Macht, die Dich führt, sollst Du Dich beugen. Ihr allein sollst Du dienen."

Ich runzelte die Stirne. „Das klingt jetzt wieder sehr nach Kirche. Wer bist Du wirklich? Vielleicht doch ein Abgesandter irgendeiner Sekte?"

„Finde es heraus. Entscheide frei. Die göttliche Macht von der ich spreche ist die Liebe. Nur wenn Du der Liebe dienst, kann die Liebe durch Dich wirken."

Dann erhob er sich. „Es ist jetzt Zeit sich zu verabschieden. Du hast viel erlebt. Nimm Dir Zeit, es mit Verstand und Gefühl zu verarbeiten."

Ich begleitete ihn durch das Zimmer zur Türe. Dann trat ich noch einmal auf den Balkon und blickte in die dunkle, milchige Nacht. Der weiße Hund war noch da. Als er mich sah, erhob er sich und tauchte in den Nebel ein.

Die Nacht verlief ruhig, ich schlief tief und traumlos. Als ich erwachte, fühlte ich mich erfrischt und klar. Offensichtlich hatte ich mich während des Schlafes gut erholt. Wie üblich verließ ich das Hotel durch den Seiteneingang, ging zwischen Außenpool und Sportplätzen hindurch zu dem Spazierweg. Es war ein wunderbarer Morgen, ohne Nebel, am Himmel zeigte sich zart das erste Licht und noch konnte ich die letzten Sterne als Boten der Nacht, erkennen.

Als ich einige Schritte gegangen war, sah ich vor mir den weißen Hund auf mich zulaufen. Er hatte mich schon erwartet. Bis zur Brücke ging er an meiner Seite, über die Brücke am Fluss ging er vor mir und dann begann er freudig den Hang hinaufzulaufen.

Obwohl die Sicht gut war, nahm ich nichts von meiner Umgebung und meinem Weg wahr. Ich war unterwegs mit mir selbst und bald erreichte ich die Hütte.

Wieder hatte ich nicht die geringste Anstrengung verspürt. Im Gegensatz zu gestern war der Weg den Berg hinauf bereits vertraut und selbstverständlich. Jetzt nahm ich mir Zeit, meine Umgebung zu betrachten Die rosenfingrige Eos erwachte hinter den Hügeln und Bergen, über der Landschaft lag eine weite, tiefe Stille.

Ich hörte den Hund bellen. Als ich in seine Richtung sah, war er verschwunden und Christus stand an seiner Stelle.

„Danke, dass Du erneut den Weg hierher auf Dich genommen hast."

Ein unbeschreibliches Strahlen ging von ihm aus und begann auf mich überzugehen.

„Ich habe mich entschieden", sagte ich.

Dann erschrak ich einen Moment, denn in mir gab es keine Entscheidung für irgendetwas, auch hatte ich mir nicht vorgenommen, dies auszusprechen.

„Für was hast Du Dich entschieden?"

Jetzt spürte ich Klarheit in meinem Geist. Die Nebel meines Verstandes lichteten sich. Ich sah mich hoch auf einem Berggipfel sitzen und gleichzeitig sah ich mich tief im Tal im Hotel friedlich schlafen.

Auf dem Gipfel stand kein Kreuz. Stattdessen befand sich am höchsten Punkt die Skulptur eines überlebensgroßen Engels, der ein riesiges Schwert gen Himmel streckte.

Jetzt bewegte sich der Engel und kam auf mich zu. Machtvoll stelle er sich vor mich, die Schwertspitze auf den Boden, das Heft in den starken Händen, übertrug er seine schützende Kraft auf mich.

„Was kann ich für Dich tun?"

„Ich möchte Christus folgen und seine Kraft und sein Bewusstsein in mir erwecken. Wie kann ich das tun?"

In dem Moment, als ich die Frage aussprach, hörte ich in meinem Kopf eine Stimme, die mich warnte. ‚Bist Du verrückt? Man wird dich als weltfremden Esoteriker, religiösen Fanatiker und fehlgeleitenden Menschen, der irgendwelchen Illusionen folgt, beschimpfen!'

Gelichzeitig erhob der Engel sein Schwert und ich sah wie die Gedanken aus meinem Kopf hinaus schossen, mit rasender Geschwindigkeit durch die

Landschaft flogen und am Horizont zerstoben. Dann hörte ich die Antwort des Engels.

„Frage ihn!"

Die Antwort erstaunte mich, aber sie war mit so viel Liebe und Klarheit ausgesprochen, dass alle Zweifel beseitig waren.

„Ich habe Angst, dass es gefährlich ist und ich noch öfters Besuch wie gestern Abend bekomme."

Wieder hatte der Engel sein Schwert auf den Boden gestützt und übertrug das Gefühl von Sicherheit auf mich.

„Ja, Du wirst noch öfters Besuch bekommen. Das war erst der Anfang."

Erschreckt blickte ich ihn an.

„Es soll verhindert werden, dass sich die Menschen jenseits von Religion, Kirche, Ideologien oder anderen Gruppierungen für Christus entscheiden. Christus findest Du nur in Dir und nur aus eigener und freier Entscheidung, niemals weil Dir jemand sagt, dass Du etwas nachbeten sollst."

Bei dem Wort „nachbeten" stieß er heftig mit dem Schwert auf die Erde, dass der Boden unter mir bebte.

„Wer möchte dies verhindern?" Meine anfängliche Zuversicht begann zu wanken.

„Der Widersacher des Christus."

„…und wer ist das?"

„Du wirst ihn früh genug kennenlernen."

Der Engel schwieg.

„Gut", sagte ich, „wenn ich mich nun entscheide, was bedeutet das konkret für mich?"

In diesem Moment erhob der Engel mit der rechten Hand sein Schwert zum Himmel, die Handfläche der Linken streckte er mir schützend entgegen.

„Du wirst viel an Dir selbst arbeiten müssen und vor großen seelischen Herausforderungen stehen. Die Widersachermächte werden versuchen, Dich zu blockieren. Das wird Dir Probleme und Verluste auf vielen Ebenen zufügen."

Er schwieg und sah mich an.

„Die höchsten geistigen Mächte werden für Dich sorgen. Du musst Dich den Herausforderungen stellen, denn es ist Dein Weg. Wisse, die geistige Welt ist kein Wunscherfüllungsparadies und es wird nicht immer so verlaufen, wie Du denkst, es solle sein. Doch wir sind immer an Deiner Seite. Wir brauchen Dein Vertrauen, dann können wir Dir helfen. Ich bin Erzengel Michael, der Wegbereiter des Christus."

Jetzt wurde es strahlend hell, eine Aureole aus den Farben des Regenbogens umgab mich und ich befand mich jenseits von Zeit und Raum.

Als ich die Augen wieder öffnen konnte, war der Engel verschwunden. Ich befand mich alleine auf dem Gipfel des Berges und blickte weit in das Land hinaus. Dann atmete ich tief ein und aus.

„Ich bin bereit."

Der weiße Hund bellte, ich stand wieder an der Hütte und blickte mich um. Es herrschte Stille und ich war alleine. Nur den weißen Hund sah ich, mich wachsam betrachtend, in einiger Entfernung sitzen.

„Ich habe mich entschieden."

Dann kam Christus auf mich zu.

„Danke."

Ich spürte, wie ich von Zuversicht, Geborgenheit und Vertrauen durchflutet wurde.

„Das Bewusstsein von mir in Dir bedeutet Liebe", begann er zu sprechen. „Doch Liebe muss in Dir erst möglich werden. Dafür ist es wichtig, dass Du in Dir die Blockaden für Liebe bearbeitest und abbaust."

„Wie kann ich das tun?"

„Indem Du Deine Süchte, Ängste, Begierden, Emotionen und alles in Dir, was nicht Liebe ist, bearbeitest."

Ich musste tief Luft holen, weil ich mir nicht vorstellen konnte, wie ich diese Anforderungen erfüllen könnte.

„Christusbewusstsein ist nicht etwas, was der Mensch hat oder nicht hat. Es gibt keine Münze, die man in einen Automaten wirft und dann kommt

Christusbewusstsein heraus. Nein! Der Mensch muss es sich erringen, erarbeiten und auch erkämpfen."

Immer wieder schoss mir der Gedanke durch den Kopf, dass dies alles eine Illusion sei, was ich erlebe. Doch ich konnte die Gestalt des Christus klar und deutlich erkennen. Sie war keine menschliche Form, die ich berühren konnte, doch in ihrer Erscheinung real, daran konnte ich intellektuell zwar zweifeln, aber die Realität belehrte mich eines Besseren.

„Können denn alle Menschen dich so sehen und erleben wie ich?"

„Ja alle. Diejenigen, die mich lieben und auch die mich hassen. ‚Alle Augen sollen ihn schauen, auch die Augen derer, die ihn durchstochen haben.' So wurde es in der Apokalypse verkündet und jetzt ist die Zeit gekommen."

„Geht denn jetzt auch die Welt unter?"

„Das Ereignis meiner Erscheinung im Ätherischen hat vor hundert Jahren begonnen. Die Menschen können mich seitdem nicht als Menschen aus

Fleisch und Blut sehen, aber als menschliche Gestalt wahrnehmen. Die Widersachermächte versuchen dies zu verhindern, indem sie die Existenz alles Geistigen leugnen. Nur die Materie soll wahr sein. Doch ich bin wahr und keine Materie. Das ist die Apokalypse, die Offenbarung und Erscheinung. In dem Text, der ‚Apokalypse' heißt, wird auch über eine Form von Weltuntergang gesprochen, doch würde ich es eher als Transformation bezeichnen."

„Und wann wird diese Transformation, wie Du es nennst, stattfinden?"

„Es ist mehr Zeit als Du denkst und genügend Zeit, um in dieser und den folgenden Inkarnationen an Dir zu arbeiten. Durch mein Erscheinen wird es den Menschen möglich, in sich das Christusbewusstsein zu entwickeln. Ich bin das Ich in Dir."

Langsam erhob sich die Sonne über die Berge und tauchte die Landschaft in goldene Lichtfarben. Ich hatte mich entschieden und nun will ich den Weg gehen, auch wenn mir etwas mulmig zumute ist. Da erinnerte ich mich daran, dass Vertrauen der erste Schritt ist.

„Sorget nicht für morgen; der morgige Tag mag für sich selber sorgen. Es genügt, dass jeder Tag seine eigenen Nöte hat," hörte ich ihn hinter mir sprechen.

Ich betrat das Hotel, sah auf die Uhr und stelle fest, dass meine morgendlich Runde wie üblich eine gute Viertsunde gedauert hatte.

Eigentlich wollte ich zunächst auf mein Zimmer gehen und mich umkleiden, doch verspürte ich ein starkes Hungergefühl und entschied, direkt zum Frühstück zu gehen. Dies war ein verhängnisvoller Fehler, wie sich bald herausstellen sollte.

Für das Frühstück lies ich mir ungewöhnlich viel Zeit. Die Gedanken und Erlebnisse zogen an mir vorüber und immer wieder kam ich zu dem Punkt, dass ich mich fragte, wie wirklich das Ganze ist. Einerseits gab es auf der physischen und materiellen Ebene keine Hinweise oder Spuren an denen ich sehen konnte, dass sich alles tatsächlich ereignet hatte und andererseits spürte ich in mir ein Gefühl der Wahrheit und Realität.

Langsam dämmerte mir, dass ich niemanden davon erzählen konnte, denn man würde mich wirklich für verrückt halten. Die einzige Chance war, es für mich zu behalten und in mir wirken zu lassen. Vielleicht musste es so sein.

Schließlich verließ ich den Frühstücksraum und nahm die Stufen hinauf zur Lobby. Im Durchgang zum Nebengebäude blickte ich durch die großen Fenster zu den Bergen hinauf. Irgendwo dort oben musste sich die Hütte befinden, die es in Realität vermutlich gar nicht gab. In diesem Moment überkam mich ein Gefühl von Übelkeit und ich spürte kalten Schweiß auf meiner Haut.

Ich nahm die Treppen in den zweiten Stock und eilte zu meinem Zimmer. Als ich die Türe öffnete, schlug mir Jauchegestank entgegen, auf dem Teppichboden befanden sich schmutzige Fußabdrücke als ob jemand direkt vom Stall ausmisten in mein Zimmer gegangen sei.

Ich wollte die Balkontüre öffnen, um den Gestank loszuwerden, da sah ich im Ohrensessel am Fenster eine Gestalt sitzen. Der Mann hatte ein längliches am Kinn spitz zulaufendes Gesicht, eng stehende Augen und schmale nach oben gezogenen Augenbrauen. Er trug eine Lodenjoppe, darunter ein kariertes Hemd und einen Hut mit einer roten Feder. Er hatte die Schuhe ausgezogen und neben sich gestellt hatte. Es waren hohe, grobe Stiefel voller Mist und Dreck.

„Hat Ihnen das Frühstuck geschmeckt?"

Im letzten Moment erreichte ich die Toilette, um mich zu übergeben, denn der Gestank war bestialisch.

Als ich aus dem Bad zurückkehrte, saß er noch immer im Sessel, der Teppich war verschmutzt und es stank.

„Es tut mir aber sehr leid, dass Ihnen das Essen nicht bekommen ist. Ich habe mir die Stiefel ausgezogen, weil ich Ihr Zimmer nicht verschmutzen wollte".

„Machen Sie Witze? Das Zimmer ist dreckig und es stink entsetzlich".

„Das ist mir gar nicht aufgefallen…"

„Wer zum Teufel sind Sie?"

„Na schau, Sie wissen ja schon wer ich bin", sagte er spöttisch.

„Sind Sie derjenige vom Abendessen?"

„Oh nein, weit gefehlt. Aber ich bin sozusagen ein Kollege von ihm". Er kicherte boshaft.

„Was wollen Sie hier in meinem Zimmer, Sie sind nicht berechtigt, hier einzudringen."

„So etwas hat mich noch nie gestört. Ihr Besuch beim Abendessen hatte Sie gewarnt, aber Sie wollten nicht hören, deswegen besuche ich Sie jetzt."

„Wollen Sie mich bedrohen? Erpressen?"

„Nein, so etwas würde mir nie einfallen. Sagen wir, ich möchte Sie in Kenntnis setzen."

Ich schwieg.

„In Kürze werden Sie einen Anruf von Ihrer Bank erhalten, dass alle ihre Guthaben verschwunden sind und ihr Konto einen fünfstelligen negativen Betrag aufweist, weil Geld auf die Kaimaninseln überwiesen wurde. Heute Nachmittag, wird die Steuerfahndung Ihre Wohnung durchsuchen und in zwei Stunden werden Sie wegen Fluchtgefahr festgenommen. Wenn flüchten, wäre das ein Schuldgeständnis."

Der Boden unter mir schwanke und ich musste mich an der Wand festhalten. Ich hatte kein Vermögen in dieser Höhe, noch weniger ein Konto auf den Kaimaninseln und ich legte immer größten Wert auf solide und ehrliche Finanzgeschäfte.

Der Gestank wurde schlimmer als der Besucher aufstand und sich die Stiefel anzog.

„Ach und ich vergaß zu ergänzen, dass ich alle Daten auf Ihrem Computer gelöscht und alle Passwörter geändert habe. Wundern Sie sich also nicht. Zugang zum Computer haben Sie noch, aber es ist ja nichts mehr drauf."

Dann lachte er schallen, rückte sich seine Joppe zurecht, schlurfte durch das Zimmer in Richtung Türe und hinterließ noch mehr Dreck am Teppich.

„Noch einen schönen Aufenthalt."

Ich brach bewusstlos auf dem Boden zusammen.

In weiter Ferne hörte ich ein Telefon klingeln, der Ton wurde immer lauter und kam näher. Ich erwachte und merkte, dass es mein Mobiltelefon war. Auf dem Display sah ich die Nummer meiner Geschäftsbank. In diesem Moment wurde ich hellwach und blitzartig erinnerte ich mich wieder, was geschehen war.

Die Mitarbeiterin der Bank meldete sich und berichtete, dass es einen Versuch gegeben habe, mein Guthaben und darüber hinaus einen fünfstelligen Betrag auf die Kaimaninseln zu überweisen. Ihre Kollegin habe die Transaktionen jedoch nicht ausgeführt, weil sie misstrauisch geworden sei.

Ich atmete tief durch und nach einem kurzen Gespräch mit der Kollegin konnte ich klären, dass von meiner Seite keine Überweisungen geplant waren und wir vereinbarten bis zu meiner Rückkehr das Konto zu sperren. Meine Verbindlichkeiten konnte ich einstweilen von einem anderen Konto begleichen.

Nach dem Gespräch setzte ich mich in den zweiten Ohrensessel, denn in dem anderen spürte ich immer noch die Energie des widerwärtigen Besuchers. Der Gestank hatte nachgelassen und erst jetzt fiel mir auf, dass der Teppich sauber war und keinerlei Spuren zu sehen waren.

Ich öffnete meinem Laptop, konnte ihn starten und mich anmelden, doch es waren tatsächlich alle Dateien gelöscht. Glücklicherweise hatte ich vor wenigen Tagen eine Sicherheitskopie gemacht.

Es war ein überschaubarer Schaden. Schlimmer war das Zurücksetzen aller Passwörter, denn sie waren tatsächlich verändert. Ich beschloss, mich zu Hause darum zu kümmern und meinen Aufenthalt hier weiterhin zu genießen.

Waren das jene Situationen, die mir vorhergesagt wurden, um mich daran zu hindern, das Bewusstsein über Christus in mir zu entwickeln? Wenn es nicht schlimmer würde, könnte ich damit umgehen, aber ich war überzeugt, dass es erst der Anfang war. Diese Art von Behinderungen sind relativ einfach zu erkennen, doch ich ahnte, dass noch ganz andere Ereignisse auf mich zukommen werden.

Hätte ich auf mein Gefühl gehört und wäre zunächst aufs Zimmer gegangen anstatt zu frühstücken, wäre es dann anders gekommen? Ich wusste es nicht und konnte es auch nicht mehr ändern. Aber ich beschloss, wachsamer auf meine Intuition zu achten.

Plötzlich kam mir der weiße Hund in den Sinn und ich ging auf den Balkon, um nach ihm Ausschau zu halten, ich konnte ihn jedoch nirgends sehen. Einen Moment lang lauscht ich, ob ich sein Bellen vernehmen könnte, aber ich hörte nur Sprachfetzen der Spaziergänger.

Ich kehrte ins Zimmer zurück und erschrak. Wieder ein Besucher? Dann atmete ich auf, denn es war der Engel mit dem Schwert, den ich auf dem Gipfel des Berges getroffen hatte. Er trug eine prunkvolle blaue Rüstung und einen goldenen Helm dessen Visier nach oben geklappt war. Sein Schwert hielt er mit beiden Händen, die Spitze berührte den Boden.

„Du hast mich erschreckt", sagte ich.

„Daran wirst Du Dich gewöhnen müssen, denn ich bin immer bei Dir."

„Das ist beruhigend, denn ich hatte schon wieder Besuch."

„Christusbewusstsein musst Du Dir erarbeiten, aber auch verteidigen. Was auch immer geschieht, bleibe so ruhig wie möglich, denke nach, rufe mich, vertraue, folge Deiner Intuition."

„Danke. Es wird ein langer und schwieriger Weg. Aber ich werde es schaffen, auch wenn die Kämpfe,

Versuchungen und Herausforderungen gerade erst begonnen haben. Ich habe mich entschieden!"

„Hüte Dich vor Geschwindigkeit. Wenn Du zu schnell bist, kannst Du wie ein Auto aus der Kurve getragen werden. Die Widersachermächte arbeiten schnell und versuchen Prozesse zu beschleunigen. Dadurch entsteht Instabilität und es werden falsche Entscheidungen getroffen. Verändere Deine Routinen, das macht Dich unabhängiger von Manipulation und Kontrolle."

Der Engel mit dem Schwert schwieg, damit ich die Informationen verarbeiten konnte.

Dann fuhr er fort.

„Wenn Du in Gefahr, einer Krise oder mit einer Herausforderung konfrontiert bist, werde langsam. Das schützt Dich. Dann denke nach: frage nach Logik, Schlüssigkeit, Sinnhaftigkeit, Plausibilität und Du wirst die Wahrheit erkennen".

Wieder schwieg er.

„Hüte Dich vor der Zahl, sie ist die Lüge des Materialismus."

„Wie meinst Du das?"

„So wie ich es sage. Der Materialismus ist der Gegner des Christusbewusstseins und die Zahl dessen stärkste Waffe."

Mein Aufenthalt war ein Wechselbad an Gefühlen. Intensität und Aufregung. Nachmittags unternahm ich einen Spaziergag in der kühlen Luft des frühen Abends. Doch erschien der weiße Hund auch diesmal nicht.

Im Restaurant reservierte ich einen anderen Tisch zu einer späteren Zeit als gewöhnlich.

Nach dem Abendessen setzte ich mich in die Lounge, die direkt an das Restaurant angrenzt. Dies ist ein behaglicher Ort mit Sesseln, Sofas und einem kleinen Feuer, das Ruhe ausstrahlt. Ich hatte mein Buch mitgenommen und wollte den Tag beim Lesen ausklingen lassen.

Ich saß noch nicht lange da, als eine Frau auf der Treppe stand und jemanden zu suchen schien. Sie war schlank, nicht übermäßig groß, sehr dezent gekleidet. Offensichtlich hatte sie die Person, die sie suchte, gefunden, denn sie kam die Treppen herab, steuerte direkt auf mich zu und begrüßte mich mit einem freundlichen Blick.

„Guten Abend, darf ich mich zu Ihnen setzen?"

Bevor ich etwas erwidern konnte, hatte sie bereits Platz genommen. Zugegebenermaßen war sie eine sehr angenehme Erscheinung. Sie sprach mit einem leichten slawischen Akzent. Am meisten zogen mich ihre dunklen Augen in den Bann: sie waren eine Mischung aus glühender Lava und liebvoller Hingabe. In solche Augen hatte ich noch nie geblickt.

Schnell entwickelt sich ein Gespräch. Wir erzählten, doch merkwürdigerweise wich sie allen persönlichen Fragen geschickt aus. Die Atmosphäre war entspannt und ich genoss ihre Gesellschaft sehr. Was mich für sie einnahm, war ihre sinnliche Ausstrahlung ohne jeglichen Sex-Appeal. Sie trug eine hochgeschlossene Bluse und vermied auch sonst jegliche Zweideutigkeit.

Das Merkwürdige an dieser Begegnung war, dass ich nicht einschätzen konnte, ob sie nur für mich real war oder auch für meine Umgebung. Wir waren wie in einer Zeitkapsel, denn niemand schien uns wahrzunehmen.

Die Zeit verging wie im Flug. Restaurant und Lounge leerten sich und auch für uns schien die Zeit der Verabschiedung gekommen zu sein.

„Haben Sie noch Lust auf einen kurzen nächtlichen Spaziergang?"

Mit stockte der Atem, denn das hatte ich am allerwenigsten erwartet.

„Gerne", antwortete ich rasch und ohne weiter nachzudenken.

„Gut, wir sehen uns in ein paar Minuten in der Lobby."

Ich eilte auf mein Zimmer, zog andere Schuhe an, nahm meinen Mantel und als ich in der Lobby ankam, erwartete sie mich bereits. Wir verließen das Hotel nach links, erreichten den Bach und folgten dem befestigten Spazierweg von fahlem Mondlicht matt beleuchtet. Am Himmel glitzerten einzelne Sterne. Sie erzählte von ihrer Heimat, ohne zu sagen woher sie kam, von der Schönheit des nächtlichen Himmels, einer Sehnsucht doch ohne zu sagen welche, sie war tief in sich gekehrt und schien vergessen zu haben, dass ich an ihrer Seite war. Immer wieder hielt ich nach dem weißen Hund Ausschau, aber er war nicht zu sehen.

Viel zu schnell hatten wir unseren Spaziergang beendet und wieder den Seiteneingang des Hotels erreicht.

„Ich werde mich jetzt auf mein Zimmer zurückziehen. Vielen Dank für den schönen Abend mit Ihnen."

Im Aufzug drückte sie den Kopf für die zweite Etage. Wir stiegen aus und erreichten sogleich ihre Zimmertüre.

„Mein Zimmer liegt am Ende des Ganges. Ich wünsche Ihnen eine gute Nacht", verabschiedete ich mich.

„Warten Sie! Bitte kommen Sie noch einen Moment mit in mein Zimmer."

Atemlose Stille.

Sie öffnete die Türe mit der Zimmerkarte, im Zimmer war bereits Licht, wir traten ein und standen uns schweigend gegenüber. Ich blickte ihr in die Augen und sah die liebevolle Hingabe in die ich eintauchen wollte. In diesem Moment spürte ich ihre Arme um meinen Nacken, den Hauch ihres Atems und Lippen, die mich sanft und zärtlich küssten.

Die Zeit blieb stehen.

Langsam löste sie sich von mir und blickte mich nochmals mit liebvoller Hingabe an.

„Bitte verzeihen Sie, das hätte nie passieren dürfen."

Sie dreht sich um, ging zur Balkontüre und blickte durch das Fenster hinaus in die Nacht. Verstohlen sah ich mich im Zimmer um. Merkwürdigerweise gab es keinen Koffer und auch keine persönlichen Gegenstände. Die Türe zum Badezimmer war leicht geöffnet, das einzige was ich erkennen konnte, war eine Menge an Schminkutensilien.

Ruckartig wandte sie sich um und kam zwei Schritte auf mich zu. Jetzt sah ich in ihren Augen die glühende Lava unwiderstehlicher Sinnlichkeit. Sie ließ ihren Mantel auf den Boden fallen, kam noch ein Stück näher und begann ihre Bluse zu öffnen.

Mir stockte der Atem, mein Blut geriet in Wallung, ich vergas alles um mich herum und sah nur noch sie. Ich tauchte in den heißen, verzehrenden Lavastrom ein. Sie zog mich weiter in das Zimmer hinein und begann mich auszuziehen. Sie schubste mich auf das Bett und setzte sich auf mich.

Als ich die Augen wieder öffnete, war sie nur noch mit Unterwäsche bekleidet, aus ihren Augen floss die glühende Lava des Begehrens. Einen kurzen Moment sah ich eine schattenhafte Gestalt hinter ihr, ich kniff die Augen zusammen, aber ich konnte nichts mehr erkennen.

„Bei mir bekommst Du alles, was Du willst und noch viel mehr", sagte sie und begann sich auf mir zu bewegen.

„Wer zum Teufel bist Du?"

Erschreckt hielt sie einen kurzen Moment inne, doch sofort begann sie sich wieder zu bewegen. Meine Lust drohte zu explodieren.

„Ich werde Dir alles geben auch das, was Du noch gar nicht ahnst, dass Du es willst."

Ich konnte nicht sprechen und rang nach Luft.

„Unendliche Höhepunkte, Lust, Gier, Macht, Herrschaft. Alles. Einfach alles und noch viel mehr."

Immer tiefer kam ich den Malstrom der rauschenden Lust, als ich plötzlich in weiter Ferne einen Hund bellen hörte. Das Bellen kam immer näher, vor meinem Auge sah ich den weißen Hund in unvorstellbarer Geschwindigkeit über die Wiese rennen und hörte ihn immer wütender bellen. Jetzt war er ganz nah, direkt unter dem Fenster, bellte und ich konnte mir vorstellen, wie er die Zähne fletschte.

In diesem Moment sackte die Frau bewusstlos zusammen und lag neben mir auf dem Bett. Der Hund hatte aufgehört zu bellen. Ich stand auf, suchte meine Kleider, die im Zimmer verstreut lagen und zog mich an. Dann öffnete ich die Balkontüre, trat hinaus und sah den weißen Hund im Gras sitzen.

Als ich das Zimmer wieder betrat lag die Frau noch immer regungslos auf dem Bett. Ich stand neben ihr und blickte sie an. Sie streckte ihre Hand nach mir aus.

„Vergib mir."

Dann öffnete sie ihre Augen und ich sah wieder die liebevolle Hingabe. Vorsichtig deckte ich sie zu und streichelte ihr mit der Hand zärtlich die Wange. Sie hatte die Augen wieder geschlossen, lächelte und schien eingeschlafen zu sein.

Leise sah ich mich im Zimmer um. Es gab tatsächlich weder Koffer noch Reisetasche. Der Schrank war leer. Im Bad nur Schminkutensilien. Die Dusche war benutzt, die gebrauchten Handtücher lagen am Boden.

Noch einmal trat ich an das Bett, sah in ihr schönes Gesicht und bewunderte die Silhouette ihres schlanken Körpers unter der Decke.

‚Wer ist diese Frau?', fragte ich mich.

Auf dem Nachttisch lag eine Schlüsselkarte für das Zimmer. Die andere hatte sie in die Manteltasche gesteckt, daran konnte ich mich noch erinnern. Unwillkürlich griff ich nach der Karte und steckte sie ein.

Als ob sie es bemerkt hätte, riss sie plötzlich die Augen auf.

„Du musst jetzt gehen!".

In ihren Augen sah ich wieder die liebevolle Hingabe, doch waren sie auch voller Angst. Sie sprang aus dem Bett, suchte ihre Kleidung und zog sich hektisch an. Sie schob mich zur Türe.

„Vergiss mich nicht", sagte sie liebevoll, verzweifelt, flehend.

Dann hatte sich die Türe hinter mir geschlossen. Ich ging den Gang entlang auf mein Zimmer, öffnete vorsichtig die Türe, denn ich wusste nicht, ob mich hier auch eine Überraschung erwartete. Ich ging durch das dunkle Zimmer auf den Balkon und sah, dass er weiße Hund noch da war. Als er mich auf dem Balkon entdeckte, verschwand er in der Nacht.

Ich entschloss mich, schlafen zu gehen, als ich plötzlich am Gang Stimmen gedämpft miteinander reden hörte.

„Wer kann denn ahnen, dass sie sich in ihn verliebt?"

„Ihr seid jämmerliche Idioten. Ich habe gesagt, dass wir hier mit besonderer Vorsicht vorgehen müssen. Der Kerl, den sie gefügig machen sollte, steht unter einem besonderen Schutz."

„Der Spaziergang war das Problem", sagte eine dritte Stimme. „Das war nicht vorgesehen. So etwas hat sie noch nie gemacht."

„Warum habt ihr es nicht verhindert?"

„Weil wir es nicht wussten. Normalerweise geht das Programm an dieser Stelle auf dem Zimmer weiter und deswegen waren wir schon oben."

„Sie hat uns reingelegt", sagte der andere, „als wir es bemerkten, sind wir ihnen hinterher, aber wir haben wie ausgemacht die zweite Schlüsselkarte am Nachttisch liegen lassen, damit sie ihm diese geben konnte."

„...und deswegen konnten wir nicht mehr ins Zimmer..."

„Es lief immer nach Plan mit ihr. Nur heute ist es schief gegangen."

Vorsichtig öffnete ich meine Zimmertüre. Auf dem Gang sah ich drei Männer, zwei davon kannte ich, es waren der Besucher aus dem Restaurant und der mich im Zimmer aufgesucht hatte, mein Bankkonto leeren wollte und meine Dateien gelöscht hatte. Bei dem dritten Unbekannten lief es mir eiskalt über den Rücken, er war der teuflischste der Teufel.

„Verdammt, sie ist weg," sagte er. „Jetzt müssen wir sehen, dass wir die Situation wieder unter Kontrolle bekommen."

Schnellen Schritts gingen sie zur Treppe, ich verlies das Zimmer und lief zum Treppenhaus. Aus dem Fenster konnte ich sehen wie die drei Gestalten das Hotel verließen und in der Nacht verschwanden. Jetzt erst bemerkte ich den Jauchegeruch und die Dreckspuren auf dem Teppich.

Ich nahm die Karte und betrat das Zimmer. Es war leer, auch das Badezimmer, die Balkontüre stand weit offen, die kalte Nachläuft drang herein.

Jetzt sah ich wie einen Film, was geplant war. Sie sollte mich erst verführen und mich dann unter einem Vorwand kurz auf mein Zimmer schicken, weil sie eine besondere erotische Überraschung vorbereiten wolle. Sie werde mich auf meinem Zimmer anrufen, dann sollte ich zurückkommen. In dieser Zeit wäre sie verschwunden, die beiden teuflischen Gestalten hätten mich erwartet und wer weiß was mit mir vorgehabt.

Doch wozu der große Aufwand? Die beiden hätten mich ja auch einfacher in eine Falle locken können?

Noch einmal blickte ich mich in dem Zimmer um und sah neben dem Fernseher etwas blinken. Es war eine Mikrokamera, die direkt auf das Bett gerichtet war. Das war es! Ich nahm die Kamera und zertrat sie auf dem Boden, nahm die Reste, ging auf den Balkon und warf die Einzelteile hinaus in die Nacht.

Dann durchsuchte ich sorgfältig das Zimmer, aber ich konnte keine Kameras oder Mikrophone mehr finden. Vermutlich war diese Kamera vergessen worden, denn spätestens, wenn das Zimmer gereinigt wird, wäre sie gefunden worden. Da die Kamera noch aktiv war, wussten die anderen drei jetzt, dass ich ihren Plan aufgedeckt hatte.

Die restliche Nacht verlief ruhig und ich hatte während der kurzen Zeit gut geschlafen. Als ich mich für meinen morgendlichen Spaziergang anziehen wollte, stand plötzlich der Engel mit dem Schwert in meinem Zimmer.

„Guten Morgen", sagte er. Bevor ich antworten konnte, fuhr er fort.

„Kannst Du Dich erinnern, dass er Dir bei Eurem Gespräch am Berg gesagt hat, dass Du Deine Süchte, Begierden und Abhängigkeiten bearbeiten musst, damit Du das Bewusstsein von Christus in Dir entwickeln kannst?"

Ich nickte.

„Gestern Abend hast Du gesehen, wie die Widersacher arbeiten. Sie versuchen Dich an diesem Punkt zu packen, indem sie Begierden auslösen und in Dir zum Leben erwecken."

„Das habe ich jetzt verstanden. Aber die Frau war trotzdem toll", fügte ich zaghaft hinzu.

Der Engel nickte.

„Aber wir haben Glück gehabt. Irgendetwas hat das Gefühl der Liebe in ihr ausgelöst und so hat der teuflische Plan nicht funktioniert. Aber sie werden nicht aufgeben."

„Weißt Du, wer der Dritte war?"

„Du wirst ihn bald kennenlernen."

„…und weißt Du wer die Frau war? Werde ich sie nochmals treffen?

„Wer sie ist, weiß ich, ob Du sie nochmals triffst, hängt davon ab, wieviel Mut sie hat. Es ist ihr freier Wille."

„Kannst Du mir helfen Sie zu finden?"

„Im Moment nicht", sagte er. „Aber nochmal zurück zu Deinen Herausforderungen. Du stehst im Widerstreit von zwei Kräften. Die eine ist Dein freier Wille, das Christusbewusstsein in Dir zu entwickeln. Was musst Du dafür tun?"

„Meine Ängste, Sorgen, Abhängigkeiten, Begierden, Süchte so in den Griff zu bekommen, dass sie mich nicht beherrschen können."

„Richtig. Das ist der erste Schritt, später werden noch andere Aufgaben hinzukommen. Aber für dieses Leben bist Du damit beschäftigt", sagte er mit einem verschmitzten Lächeln.

„Die anderen Kräfte sind diejenigen, die Dich daran hindern wollen, das Christusbewusstsein in Dir entstehen zu lassen. Sie werden genau diese Themen, die Du in den Griff bekommen musst, mit aller Macht in Dir zur Wirksamkeit bringen. Die sinnliche Lust ist der schnellste und wirksamste Weg. Es gibt zwei Aspekte, um den Menschen zu beherrschen: Gier und Angst. Die sinnliche Lust ist dafür besonders wirksam, denn sie weckt die unstillbare Gier nach mehr und die tiefe Angst eines jeden Menschen, nicht geliebt zu werden."

Jetzt verstand ich, was gestern Abend geschehen war und ich musste dem Engel mit dem Schwert recht geben. Ich wäre dieser Frau verfallen. Schritt für Schritt hätte sie mich in eine Abhängigkeit von ihr gezogen, während ich an die Illusion der großen Liebe glauben wollte.

„Es geht aber noch weiter", fuhr der Engel fort. „Es gibt noch die Angst des Menschen vor dem Tod und je mehr der Mensch im Materialismus verhaftet ist durch Geld, Macht und Selbstsucht, umso größer wird die Angst vor dem Tod."

Während der Engel sprach, hatte ich mich in den Ohrensessel gesetzt. Seine Ausführungen waren beindruckend, aber auch beängstigend.

„Warum ist es so gefährlich, sich für das Christusbewusstsein zu entscheiden? Warum soll das verhindert werden?"

„Wenn die Menschen beginnen zu verstehen, dass Christus nichts mit Kirche, Religion oder anderen Institutionen zur Einschränkung der Freiheit des Menschen zu tun hat, sondern wenn sie verstehen, dass es ein Bewusstsein ist, das Liebe, Ehrlichkeit und Freiheit für jeden Einzelnen und das soziale menschliche Miteinander entstehen lässt, dann beginnt das Christbewusstsein die Welt zu verändern."

„...und die Widersacher schrecken vor nichts zurück..."

„So könnte man es sagen. Je stärker das Christusbewusstsein in den Menschen wirkt, umso geringer die Macht der Widersacher. Christus geht es um die Entwicklung der Menschheit, für die Widersacher ist es ein Machtkampf."

Ich verstand, auf was ich mich eingelassen hatte. Das war kein Geplänkel esoterischer Befindlichkeiten. Hier ist jeder einzelne Mensch mit Willen, Disziplin, Verstand und Liebe gefordert, an sich zu arbeiten und den Kräften der Widersacher mutig entgegen zu treten.

„Willst Du Dir es noch einmal überlegen? Du kannst Dich jederzeit frei entscheiden."

Ich schüttelte den Kopf. Davonlaufen wollte ich auf keinen Fall, auch wenn mir im Moment ziemlich mulmig zumute war.

„Dann gibt es noch den Sonnendämon", fuhr der Engel mit dem Schwert nach einer längeren Pause fort. „Er ist der direkte Widersacher des Christus. In den Schriften wird er Sorat genannt. Er ist der Widersacher des Lamms."

Jetzt blickte ich den Engel mit großen Augen an.

„Warum hat Christus einen Widersacher?"

„Damit sich die Menschen entscheiden können. Christus findest Du nur aus freiem Willen. Der Widersacher kommt zu Dir, um Dich zu verführen. Zu Christus musst Du Deinen Weg finden. Das ist der große Unterschied."

„Ich befürchte, dass ich diesem Sonnendämon bald begegnen werde."

„Du bist ihm längst begegnet, denn er wirkt bereits mit dämonischer Kraft und will die Welt auf den Kopf stellen. Sorat versucht, solange Deine Gedanken und Dein Bewusstsein zu verändern, bis Du überzeugt bist, dass die Lüge die Wahrheit ist. Sorat bedient sich der Angst der Menschen vor dem Tod. Dadurch kann er sie zu seinen Knechten machen. Wenn der Mensch nicht bereit ist, seine Lüge als die Wahrheit anzunehmen, versucht er Schritt für Schritt den Menschen zu vernichten. Sorat kannst Du nur besiegen, wenn Du, wie Christus, die Angst vor dem Tod überwunden hast."

Die Worte des Engels mit dem Schwert waren immer entfernter zu hören. Mein Bewusstsein schwand und ich befand mich auf dem Bergesgipfel, wo ich diesen Engel das erste Mal getroffen hatte. Nun stand ich Christus, Erzengel Michael und dem weißen Hund auf dem Gipfel gegenüber. Alle drei blickten mich an und schwiegen.

„Wo bin ich?"

„Auf dem Berg in Sicherheit", sagte der Engel und der weiße Hund bellte, als wolle er zustimmen.

Christus sah mich mit liebevollen Augen an. Diese Augen hatte ich auch bei jener Frau, die mir vergangene Nacht begegnet war, gesehen.

„Wir möchte Dir nochmals die Möglichkeit geben, Dich zu entscheiden" sprach Christus. „Ich werde Dich immer lieben und beschützen, unabhängig wie Du Dich entscheiden wirst."

Ich sah Christus, Erzengel Michael, den weißen Hund an und war erfüllt von Liebe und Klarheit.

„Natürlich bleibe ich bei meiner Entscheidung. Ich bin bereit."

In diesem Moment fiel ich von dem Ohrensessel auf den Boden und kam wieder zu Bewusstsein. Der Engel mit dem Schwert war noch da, aber er hatte keine Anstalten gemacht, mich zu halten.

„Harte Landung", sagte ich.

„Manchmal ist das notwendig."

Langsam rappelte ich mich auf. Mein ganzer Körper schmerzte, als ob ein Lastwagen mich überrollte hätte.

„Heute wirst Du das Hotel nicht verlassen", sprach der Engel.

„Aber heute ist mein letzter Tag hier, das Wetter ist herrlich und ich wollte noch eine lange Wanderung unternehmen.

„Heute wirst Du das Hotel nicht verlassen."

„Ist das ein Befehl?"

„Nein. Ein Rat".

Als ich vom Frühstück zurück auf mein Zimmer kam, herrschte schwüle Luft, obwohl ich vor dem Verlassen gelüftet hatte. Ich öffnete die Türe, trat auf den Balkon und blickt sehnsuchtsvoll in die Landschaft, die ich heute so gerne noch durchwandert hätte.

Dann sah ich unter mir auf der Wiese jene zwei Gestalten stehen, mit denen ich bereits Bekanntschaft gemacht hatte. Der Dritte war nicht zu sehen. Sie hatten mich ebenfalls erblickt und begannen zu reden. Einer ging weg, der andere mit den Stiefeln und der Lodenjoppe behielt mich weiterhin im Auge.

Ich ging in das Zimmer zurück, zog die Balkontüre zu und versuchte meine Gedanken zu ordnen. Die Warnung des Engels mit dem Schwert schien berechtigt zu sein. In diesem Moment klopfe es an der Türe und ehe ich mich versah, öffnete sie sich und ein furchterregender Mann trat herein. Hinter ihm schloss sich die Türe wie von Geisterhand.

Er war hochgewachsen, trug eine weiße Toga, die an der Hüfte durch einen Gürtel zusammengehalten wurde und schmutzige Sandalen. Die Kleidung war ähnlich, wie sie Christus bei unseren Begegnungen trägt. Als ich ihm ins Gesicht sah, erfasse mich kaltes Grausen. Es war eine Tiergestalt mit gebogenen Hörnern, die Haar glichen einem zottigen Fell und am Kinn wuchsen die Haare wild wie ein Ziegenbart. Die Augenhöhlen waren schwarz und leer. Dennoch kam tief aus deren Inneren wie aus dem Nichts ein verheerender, zerstörerischer Blick. Auch wenn er in der Nacht am Flur anders gekleidet war, wusste ich sofort, dass es der dritte Mann war.

„Hinsetzen", befahl er.

Ich blieb stehen.

„Oh, der Herr möchte den Helden spielen. Ich sage noch einmal: hinsetzen!"

Ich blieb stehen. Er streckte seine rechte Hand aus und ich sah Klauen mit langen spitzen und scharfen Krallen. Sie umfassten mein Herz, pressten es zusammen und zogen mich auf den Ohrensessel. „Geht doch…"

Ich röchelte nach Luft, mein Herz schmerzte als ob ich gerade mehrere Herzinfarkte erlitten hätte.

„Meine beiden Kollegen haben Dich gewarnt. Wir haben Dir sogar ein gutes Angebot gemacht, das Du aber ausgeschlagen hast."

„Ich werde auch jetzt meine Meinung nicht ändern."

„Das warten wir einmal ab, das haben schon viele vor Dir gesagt."

Er kam näher und es stank entsetzlich. Er dünstete eine Mischung aus Schweiß, Schwefel, Kot und geronnenem Blut aus.

„Ich werde jetzt die Umprogrammierung in Deinem Gehirn vornehmen, dann werden sich die Flausen schon legen. Wenn das nichts nützt, werde ich Dir Schmerzen zufügen, die jeder Templer auf den Folterbänken der Inquisition als Streicheleinheit empfunden hätte."

„Das klingt vielversprechend…"

Er schlug mir mit seiner kralligen Hand ins Gesicht und hinterließ blutende Spuren.

„Genug jetzt!"

Er zog sich den andren Stuhl herbei und setzte sich mir gegenüber. Aus toten Augenhöhlen begannen elektromagnetische Wellen zu strömen und diese drangen in meinen Schädel ein wie Hammerschläge.

Dann kamen die ersten Bilder in den Kopf, schreckliche, unbeschreibliche, verzerrte Bilder voller Schmerz und Angst.

In diesem Moment taucht das Bild der Frau, die ich gestern Nacht getroffen hatte, auf. Ich sah in ihre hingebungsvollen Augen, die unendliche Liebe ausstrahlen. Mein Geist fokussierte auf ihre Augen und ich versuchte das Bild zu halten. Jetzt begannen die magnetischen Wellen auf das Bild einzuschlagen und versuchten es zu verdrängen, zu zerstören, zu pulverisieren. Doch mit großer Willensanstrengung konnte ich das Bild halten.

„Die Kleine hat es Dir wohl angetan. Das haben wir gleich erledigt".

Er klatschte in die Hände und wie aus dem Nichts gekommen, stand hinter ihm eine Frau, nackt nur mit Dessous begleitet, riesigen Brüsten, grässlich dicken rot geschminkten Lippen. Sie trat zum mir und begann sich zwischen meinen Beinen zu schaffen zu machen. Sofort stieg Gier in mir auf, geschickt steigerte sie die Intensität, ich konnte nicht mehr denken, dann schrie ich vor Lust, das Bild der Frau mit den liebevollen Augen war verschwunden und ich konnte es nicht mehr zurückholen.

„Geh zum Teufel", sagte er zu der Frau zwischen meinen Beinen und lachte schallend. Gestank strömte aus seinem Mund.

„So ein großer Held bist Du nicht, wenn Du nicht einmal einer Frau widerstehen kannst." Sein ganzes Gesicht war ein dreckiges Grinsen.

Erneut begannen die magnetischen Wellen auf meinen Kopf einzuprügeln und wieder wurden entsetzliche Bilder in meinen Kopf geschossen. Es war als ob er meinen Schädel zertrümmern wollte. Ich versuchte meinen Verstand anzustrengen, was ich dagegen tun könnte, doch mit diesen Schmerzen konnte ich nicht mehr klar denken, die Bilder strömten weithin in mich ein und verdunkelten von

Sekunde zu Sekunde mehr mein Bewusstsein. Da sah ich den weißen Hund vor meinen Augen, er fletschte die Zähne und schien jeden Moment aus mir herauszuspringen, um meinen Gegenüber zu überwältigen

„Verdammt", rief er. Augenblicklich hörten die Schmerzen auf und die Bilder verschwanden. Ich war völlig erschöpft.

„Du hast mächtige Freunde", sagte er, „aber das schreckt mich nicht. Wir lassen es darauf ankommen, ob Deine Freunde bereit sind, Dich sterben zu lassen."

Wieder streckte er seine rechte Hand aus, die kralligen Finger umklammerten mein Herz, zogen mich hoch und warfen mich aufs Bett. Mein Herz schmerzte als ob es zerschnitten wurde und ich bekam keine Luft.

„Ich werde Dir eine kurze Pause gönnen, damit Du das, was jetzt kommt, richtig genießen kannst."

Er öffnete die Zimmertüre, die beiden anderen Gestalten traten ein und trugen einen schweren metallischen Kasten. Ich lag auf dem Bett, aus welchem Grund auch immer konnte ich mich nicht bewegen, aber alles wahrnehmen. Sie stellten den Kasten am Bett ab, begannen Kabel auszupacken und an meinen Füßen zu befestigen. Ich ahnte, was sie vorhatten: Stromschläge. In diesem Moment durchfuhr mich ein elektrischer Blitz.

„Keine Sorge, das war nur ein Test", sagte die Gestalt mit der Lodenjoppe. „Jetzt sind wir soweit, wir können anfangen!"

Erwartungsvoll sah er zu meinem Peiniger. Dieser gab ihm ein Zeichen und in Sekundenschnelle wurde mein Körper von Stromschlägen gepeitscht.

„Wie gefällt Dir das?"

Ich schwieg.

„Stärker!"

Mein Körper wurde durch pochende Schmerzen zerfetzt bis ich nur noch ein Schmerzbündel war. Ich hatte jedes Gefühl für Zeit verloren und drohte bewusstlos zu werden. In diesem Moment hörten die Schläge auf. Mühsam öffnete ich die Augen und das Gesicht meines Peinigers war so nah, dass er mich fast berührte. Sein Gestank ekelte mich an.

„Du hast die letzte Chance, Christus abzuschwören. Nutze sie, sonst wird es Dir übel ergehen."

Ich schwieg.

„Los, aufdrehen!", befahl er.

Die Stromstärke war ein Vielfaches größer und mein Körper begann sich zu schütteln.

„Deine letzte Chance! Ich mache keinen Spaß!"

Der Strom wurde noch stärker, ich schüttelte mich immer heftiger und die Schmerzen brachten mich an den Rande des Wahnsinns.

„Bist Du bereit, Christus abzuschwören und ihn einen heuchlerischen Lügner zu nennen?"

Wieder kam er ganz nahe an mein Gesicht heran.

„Niemals!" Ich spuckte ihm an. Seine Hand schlug mir ins Gesicht und er befahl die Stromstärke zu erhöhen.

„Bist Du bereit, Christus abzuschwören und ihn einen heuchlerischen Lügner zu nennen?"

„Nein", schrie ich ihm mit letzter Kraft ins Gesicht.

Nochmals wurde die Stromstärke erhöht und ich befand mich bereits in einer Art Delirium, gleich einem Fieberwahn. Ich sah hässliche Gestalten, in Felle gekleidet mit widerwärtigen Fratzen um mich tanzen.

„Ich frage Dich zum letzten Mal. Wenn Du jetzt nicht abschwörst, werden wir die Stromstärke erhöhen, bist Du jämmerlich verreckst. Es wird mehrere Stunden dauern und eine entsetzliche Qual sein."

Ich schwieg.

„Bist Du bereit, Christus abzuschwören und ihn einen heuchlerischen Lügner zu nennen?"

„Niemals! Ich bin bereit zu sterben."

In diesem Moment wurde das Zimmer mit gleißend hellem Licht durchflutet. Ich hatte die Augen geschlossen, war dennoch von dem Licht geblendet und konnte gleichzeitig alles sehen. Erzengel Michael erschien und sein Schwert krachte mit tosender Wucht auf den metallenen Kasten nieder,

Funken stoben in alle Richtungen, es roch verbrannt. Die Stromschläge durch meinen Körper hörten sofort auf. Die beiden Männer versuchten sich Erzengel Michael in den Weg zu stellen, doch zwei kräftige Schwerthiebe schlugen sie in die Flucht.

Dann sah ich Christus auf der anderen Seite des Bettes stehen, Auge in Auge mit meinem Peiniger. Dieser hatte die Hände mit den Krallen in Angriffsposition ausgestreckt und war bereit sich auf mich zu stürzen, um mich mit bloßen Händen zu töten.

Christus streckte beide Arme aus, so dass sein Köper ein Kreuz darstellte. Er sprach: „Mit diesem Zeichen bann´ ich Deinen Zauber." Aus dem Mund des Widersachers kam eine Stichflamme, dann war er verschwunden.

Regungslos lag ich auf dem Bett, mein Körper schmerzte, doch ich konnte mich wieder bewegen. Im Zimmer herrschte völliges Chaos, es stank, Trümmer lagen auf dem Boden, der Teppich war verdreckt.

Dann schlief ich ein.

Ich erwachte, weil die Sonne schräg in hereinschien. Die Wärme und das Licht taten mir gut, ich streckte mich und öffnete die Augen. Das Zimmer war in makellosem Zustand, aufgeräumt und ich konnte nicht die geringste Spur der vergangenen Ereignisse entdecken.

‚Merkwürdig', dachte ich. ‚Christus und Erzengel Michael haben mich gerettet, aber jetzt lassen sie mich alleine.'

In diesem Moment klopfte es an der Türe und ich erschrak. ‚Nicht schon wieder', schoss es mir durch den Kopf.

„Room Service", hörte ich eine weibliche Stimme vor der Türe.

Möglichst lautlos schlich ich zur Türe, denn ich wollte mich erst vergewissern. Durch den Türspion erkannte ich eine Hotelmitarbeiterin mit einem Essenstisch. Ich öffnete die Türe.

„Hallo, ich hoffe es geht Ihnen gut. Das Menü, das Sie bestellt hatten."

Ich schwieg verdutzt, denn ich hatte nichts bestellt.

„Hier ist ihr Gutschein für die Wellness Massage vor dem Abendessen. Guten Appetit und viel Freude."

Auf dem Tisch standen mehrere Teller, die mit Wärmehauben abgedeckt waren. Nacheinander hob ich sie an und das Zimmer wurde von Essensgeruch durchflutet.

Ich konnte mich nicht erinnern, dass ich auf einem Hotelzimmer so reichhaltig, abwechslungsreich und lecker gegessen hatte. Erst jetzt fiel mir auf, dass ich keinerlei Schmerzen mehr in meinem Körper spürte. Ich ruhte mich aus, dann ging ich zur Massage.

Das Abendessen verlegte ich auf den späten Abend. Anschließend saß ich noch eine Zeitlang in der Lounge in der heimlichen Hoffnung, jene Frau nochmals zu treffen, aber leider blieb ich mit meinem Buch alleine.

Als ich auf mein Zimmer zurückkam, war es fast Mitternacht und ich wollte meinen Koffer packen, da ich am nächsten Tag in mein normales Leben zurückkehren würde.

„Du wirst kein normales Leben mehr haben."

Christus saß im Halbdunkel des Zimmers.

„Hast Du mich aber erschreckt..."

„Das tut mir leid. Bitte komm´ zu mir in den anderen Sessel."

Eine Zeitlang saßen wir schweigend nebeneinander. Für mich waren die Tage eine bewegende Zeit und ich begann sie langsam emotional und geistig zu verarbeiten.

„Ich möchte Dir danken für Deinen Mut", sagte er.

„Was soll ich anderes machen, ich habe mich entschieden. Aber hättet ihr nicht früher eingreifen können?"

„Du kannst Dir nicht vorstellen, wie gerne wir das getan hätten, aber wir dürfen das nicht. Deine Entscheidung, nicht zur widerrufen und lieber den Tod zu wählen, muss aus Freiheit geschehen. Nicht, weil Du weißt, dass wir eingreifen."

„Das verstehe ich. Ist jetzt das Schlimmste vorbei?"

„Sagen wir, es wird wohl nicht mehr schlimmer werden und Du weißt, dass wir bei Dir sind. Aber die Widersacher werden nicht aufgeben und immer wieder kommen."

„Dann haben ich diese Besuche jetzt für den Rest meines Lebens…Das sind ja Aussichten…"

„Sogar noch länger, denn nach Deinem Tod lebst Du weiter und der Kampf findet auf der materiellen und in der geistigen Welt statt."

Der Gedanke, dass mein Leben ein ewiger Kreislauf ist aus Geburt, Tod, Aufenthalt in der geistigen Welt und wieder geboren werden, war mir nicht neu. Doch an den Gedanken, dass die Konfrontation zwischen Christusbewusstsein und Widersachern Teil dieses ewigen Zyklus ist, fand ich weniger erfreulich.

„Wenn alle Menschen, die sich für Christus entscheiden, solche Erlebnisse haben, wird es schwierig sein, Gleichgesinnte zu finden."

„Das stimmt leider. Doch eigentlich ist es umgekehrt."

Ich sah ihn fragend an.

„Die Kraft der Widersacher ist deswegen so stark, weil sich so wenige Menschen für Christus entscheiden. Wer sich nicht entscheidet, stellt für den Widersacher keine Gefahr dar und wird deswegen in Ruhe gelassen und die Wucht der Widersacher trifft einige wenige."

„Das klingt plausibel, doch warum entscheiden sich so wenige Menschen dafür?"

„Es gibt viele Gründe. Bequemlichkeit, Angst vor materiellen Verlusten und Glaubenssätze, dass Christus eine Religion, Sekte oder etwas ähnliches sein könnte."

„Der letzte Aspekt ist gar nicht so falsch, denn es gibt ja wirklich interessante Ausrichtungen. Wie soll man dann erkennen, ob man auf der richtigen Spur ist?"

„Richtig oder falsch ist ein altes Denkmuster, das für geistige Entwicklung nicht mehr in unsere Zeit passt. Es geht um die Freiheit der Entscheidung und daraus ergeben sich Konsequenzen hier auf der materiellen Welt und dort in der geistigen Welt. Aufgrund dieser Konsequenzen, oder nennen wir es besser Entwicklungen, kann jeder Mensch entscheiden, ob es für ihn persönlich der richtige Weg ist."

Lange dachte ich nach; er saß schweigend neben mir.

„Wenn sich immer mehr Menschen für das Christusbewusstsein entscheiden, wird dann die Kraft der Widersacher schwächer?"

„Natürlich, weil der Widersacher seine Kräfte auf viel mehr Menschen verteilen muss."

„Kann der Widersacher auch stärker werden?"

„Doch, das geschieht gerade in dieser Zeit. Je mehr Menschen im materialistischen Denken versinken, umso stärker wird er.

„Das klingt alles ziemlich logisch."

Er lächelte und nickte.

„Bildlich gesprochen brauchen wir mehr Mitstreiter in besseren Rüstungen", sagte ich.

„Treffend gesagt! Der Widersacher wird zwar nicht verschwinden, aber es nimmt ihm seine Macht. Was Du beschreibst, nenne ich ‚Michaelische Menschen‘, mutige Menschen, die an sich arbeiten und zum Wegbereiter des Christusbewusstseins werden. Es ist die Aufgabe von Erzengel Michael, diese Menschen zu begleiten und zu unterstützen.“

Es war bereits tief in der Nacht, als wir uns verabschiedeten.

„Dein Leben wird jetzt ein anderes sein. Doch wisse: Ich bin in Eurer Mitte alle Tage bis zur Vollendung der Erdenzeit.“

Die rosenfingrige Eos begann ihr zartes Licht über die Schleierwolken am Himmel zu gießen.

Am Morgen verzichtete ich auf den Spaziergang. Nach dem Frühstück bezahlte ich die Rechnung und brachte das Gepäck zu meinem Auto auf dem Parkplatz. Als ich ins Hotel zurückgehen wollte, spürte ich jemanden in meinem Rücken. Offensichtlich hatten die vergangenen Tage meine Sinne geschärft. Langsam schlenderte ich über den

Parkplatz und dreht mich dann um, als ob ich nochmals nach meinem Autos sehen wollte.

Sie trug eine Bakerboy Cap, die sie tief ins Gesicht gezogen hatte und eine verspiegelte Sonnenbrille, doch ich erkannte sie sofort. Schnellen Schritts kam sie auf mich zu, nah an mein Gesicht, zog die Brille ein Stück nach vorne und ich konnte wieder in ihre Augen voller liebvoller Hingabe blicken. Unauffällig drückte sie mir einen Zettel in die Hand. Dann ging sie an mir vorbei und als ich mich umdrehte, war sie bereits aus meinem Blickfeld verschwunden.

Gedankenverloren steckte ich den Zettel ein, ging zurück zum Hotel, durchquerte das leere Restaurant, betrat die Terrasse, ging am Außenpool vorbei und erreichte den Spazierweg. Gerne wollte ich mich noch von dem weißen Hund verabschieden. Ich war ein kurzes Stück des Weges gegangen, dann sah ich ihn auf mich zukommen. Er begleitet mich bis zur Brücke, wo mein Abenteuer begann, als ich mich entschlossen hatte, den Fluss zu überqueren und den Berg hinauf zu steigen.

Hier blieb der weiße Hund sitzen, sah mich an und bellte einmal kurz und vernehmlich. Jetzt fiel mir ein, dass ich den Zettel noch gar nicht gelesen hatte. Ich nahm ihn aus meiner Hosentasche und entfaltete das Papier. Drauf stand in schöner Handschrift geschrieben der Name eines Ortes, den ich kannte, ein zukünftiges Datum und eine Uhrzeit.

Der Hund bellte, sprang an mir hoch, schnappte den Zettel, fraß in auf, bellte noch einmal und lief über die Brücke den Berg hinauf.

Meditationsworte

die den Willen ergreifen

Sieghafter Geist

Durchflamme die Ohnmacht

Zaghafter Seelen.

Verbrenne die Ichsucht,

Entzünde das Mitleid,

Dass Selbstlosigkeit,

Der Lebensstrom der Menschheit,

Wallt als Quelle

Der geistigen Wiedergeburt.

Rudolf Steiner, 20. September 1919

Literatur zu den Themen des Buches

Rudolf Steiner: Soziales Verständnis aus geisteswissenschaftlicher Erkenntnis. GA 191

(Vorträge vom 1. und 2. November 1919)

Online erhältlich:

http://fvn-archiv.net/PDF/GA/GA191.pdf#view=Fit

Rudolf Steiner: Der innere Aspekt des sozialen Rätsels. Luziferische Vergangenheit und ahrimanische Zukunft. GA 193

(Vorträge vom 27. Oktober und 4. November 1919)

Online erhältlich:

http://fvn-archiv.net/PDF/GA/GA193.pdf#view=Fit

Rudolf Steiner: Das Ereignis der Christus-Erscheinung in der ätherischen Welt. GA 118

(Vortrag vom 25. Januar 1910)

Online erhältlich:

http://fvn-archiv.net/PDF/GA/GA118.pdf#view=Fit

Emil Bock: Apokalypse. Betrachtungen über die Offenbarung des Johannes. Stuttgart 1952

Das Neue Testament. In der Übersetzung von Emil Bock. Stuttgart 1980

Über den Autor

Hubert Kölsch ist Seminarleiter, Autor und Coach.

Wichtiges Anliegen seiner Arbeit ist es, verschiedene Bereiche des Lebens wie Naturwissenschaften, Kultur und Wirtschaft auf geistiger Ebene miteinander in Verbindung zu bringen.

Seit vielen Jahren ist er im Bereich der Jugend- und Erwachsenenbildung als Dozent tätig und bietet persönliches Coaching an.

Er hält Vorträge, Workshops, ist bekennender Opernliebhaber und veranstaltet Seminare mit Opernbesuch. Als Autor schreibt er Belletristik, Sachbücher, pädagogische Fachbeiträge, Artikel, Essays und Kurzgeschichten.

www.hubert-koelsch.de

Bücher von Hubert Kölsch

Spirituell & erfolgreich. Praxisbuch für die Manifestation Ihres Erfolges. Schirner Verlag, 2011

Gott antwortet immer. Eine Parabel über Vertrauen. Books on Demand, 2012

Das M-Projekt. Ein spirituelles Abenteuer. Roman. Schirner Verlag, 2012

Grales Gnade. Eine Parabel über Vergebung. Books on Demand, 2013

Dio risponde sempre. Una parabola sulla fiducia. Anima Edizioni, 2013

Die Sprache Gottes. Ein spiritueller Weg zu Liebe und innerem Frieden. Books on Demand, 2014

Il Linguaggio di Dio. Un Cammino spirituale verso l'amore e la pace interiore. Anima Edizioni, 2015

Erinnerung. Das Wunder der Weihnacht. KOHA Verlag, 2015

Das Christus Erlebnis. Begegnung mit Rudolf Steiner. Books on Demand, 2016

Der Michaelische Mensch im Zeitalter der Digitalisierung.
Books on Demand, 2017

Lohengrin. Ein Weg zu Richard Wagners Gralsoper.
Books on Demand, 2018

Tannhäuser und der Sängerkrieg auf Wartburg. Richard
Wagners Suche nach Erlösung. Books on Demand,
2019

****

Hubert Kölsch, Franz-Josef Wagner: *Erlebnis-
pädagogik in der Natur.* Ein Praxisbuch für Einsteiger.
Reinhardt Verlag, 2004

Hubert Kölsch, Monika Pietsch: *Seil Settings.*
Teamtrainings erlebnisorientiert gestalten. Beltz
Verlag, 2012

****